HIS RELAJANTES MEDITACIÓN PARA DORMIR PARA LA RELAJACIÓN GUIADA BÁSICA

CW00458149

Colección de historias relajantes de meditación para ayudar a los adultos a relajarse, dormirse rápido y aumentar la relajación

By

SLEEP LIKE A LOG

© **Copyright 2021 by SLEEP LIKE A LOG. All rights reserved.**

This document is geared towards providing exact and reliable information concerning the topic and issue covered. The publication is sold with the idea that the publisher is not required to render accounting, officially permitted, or otherwise, qualified services. If advice is necessary, legal or professional, a practiced individual in the profession should be ordered.

From a Declaration of Principles which was accepted and approved equally by a Committee of the American Bar Association and a Committee of Publishers and Associations.

In no way is it legal to reproduce, duplicate, or transmit any part of this document in either electronic means or in printed format. Recording of this publication is strictly prohibited and any storage of this document is not allowed unless with written permission from the publisher. All rights reserved.

The information provided herein is stated to be truthful and consistent, in that any liability, in terms of inattention or otherwise, by any usage or abuse of any policies, processes, or Instructions: contained within is the solitary and utter responsibility of the recipient reader. Under no circumstances will any legal responsibility or blame be held against the publisher for any reparation, damages, or monetary loss due to the information herein, either directly or indirectly.

Respective authors own all copyrights not held by the publisher.

The information herein is offered for informational purposes solely and is universal as such. The presentation of the information is without a contract or any type of guarantee assurance.

The trademarks that are used are without any consent and the publication of the trademark is without permission or backing by the trademark owner. All trademarks and brands within this book are for clarifying purposes only and are owned by the owners themselves, not affiliated with this document.

Tabla de contenido

El hermoso árbol florido

Bienvenido, es grato saber que hoy has decidido tomar un tiempo para regalártelo. Has cancelado todos tus compromisos y has dado un alto a tus actividades cotidiana, buscando sentirte bien, relajarte y elevarte sobre todo lo que te preocupa y te hace olvidarte de ti como ser. Esta sesión de relajación guiada te permitirá encontrar tranquilidad, armonía y calma para que logres alcanzar un descanso y un sueño placentero.

(Pausa corta)

En estos momentos te invito a buscar un lugar tranquilo donde recostarte. En este lugar debes tener privacidad y planificar para que no tengas interrupciones. Acuéstate, relaja tu cabeza en una almohada cómoda. Busca que tu cuello esté libre de tensiones, que tu espalda este recta.

(Pausa corta)

Cierra tus ojos, respira profundamente. Inhalas y exhalas y sientes dentro de ti agradecimiento, por la salud que esto trae a tu cuerpo. Te haces conscientes de tus pensamientos y emociones. Liberas todo aquello que te causa molestia o preocupación. Entrega al universo aquello que te distrae y no te permite estar en el aquí y ahora, ni ser feliz. Inhalas y recibes energías sanadoras y exhalas sacando todo aquello que ya no necesitas.

(Pausa corta)

Siente como poco a poco tu cuerpo se vuelve liviano, te siente relajado, por tu ser fluyen energías positivas y sanadoras que recorren todo tu cuerpo trayéndote paz, armonía y tranquilidad. Te sientes merecedor de esta plenitud que estás viviendo, te sientes amado y querido por ti. Decides disfrutar de esta actividad que traerá a tu vida salud y felicidad. Desde tu ser interno sabes que,

Tú eres un ser maravilloso.

Eres capaz de vencer cualquier obstáculo que se te presente.

Tú mereces ser amado y cuidado por ti mismo.

Esto te ayudara a tener una vida feliz.

(Pausa larga)

Ahora, desde tu imaginación tu ser iniciará una aventura maravillosa guiada por mí. Si en estos momentos sientes ganas de dormir, no hay problema, descansa. Acuérdate que ese es el fin principal de esta actividad.

(Pausa corta)

Por medio de la imaginación, te diriges a un hermoso lugar. Estás sentado al frente de una cascada de agua abundante y magnifica. Sientes mucha emoción, debido a que todo el paisaje parece perfecto. Tu ser siente paz, tranquilidad y una energía que te eleva y te hace sentir feliz.

(Pausa corta)

Te das cuenta que estás sentado en una hermosa piedra oscura y que a los lados están unos árboles antiguos de troncos grandes. En ese lugar sientes seguridad y protección. Poco a poco te levantas y decides explorar. Bajas por un sendero que te lleva a una laguna grande, que se ha formado por la caída del agua. Aprecias que el agua es cristalina y que se puede ver el fondo de esta esta.

(Pausa corta)

Decides sumergirte y disfrutas introducir tu cabeza dentro del agua y nadar. Te acercas hasta donde cae el agua y sientes como la cascada cae sobre ti. Te arrimas hacia una piedra por donde corre el agua y allí te sientas. Consideras que eres privilegiado al estar allí, ante tanta belleza. Te sientes pleno y agradecido con el universo por todo lo que estás viviendo.

(Pausa corta)

Miras hacia el cielo, aprecias su esplendor, y percibes como el sol radiante se esparce por todo el lugar. Sientes que todo está lleno de energías sanadoras y de paz. Ves desde allí, una colina hermosa y que en la cima, está un árbol grande que esta florecido. Desde el lugar donde estás, se observan sus flores amarillas. Decides ir a ese lugar para apreciar ese paisaje y disfrutarlo.

(Pausa corta)

Poco a poco te sales de la laguna, e inicias la escalada. Al subir te das cuenta que todo el lugar está lleno de magia. Te llama la atención la cantidad de flores silvestres que adornan el lugar. También aprecias los aromas de estas flores que se combinas con otros olores parecidos a la canela y la vainilla.

(Pausa corta)

En ese recorrido, aprecias como crecen de manera silvestre las orquídeas de varios colores y tipos. Empiezas a mirar cada una que consigues a tu paso. Estás maravillado, la naturaleza ha dispuesto una exposición de orquídeas que embellecen ese lugar. Sigues caminando y en ese recorrido, escuchas algunos ruidos extraños. No puedes identificar de donde proviene. Empiezas a indagar y te das cuenta que provienen de una poza mediana que alberga una cantidad de cisnes blancos y negros con sus crías.

(Pausa corta)

Estas emocionado y desde la distancia, aprecias la armonía como esos cisnes, a pesar de ser numerosos, pueden compartir ese espacio y además disfrutar en familia. Allí te quedas un rato, escondido para no alterar el ambiente, percibes que todo allí es paz, amor y calma. Eso te hace sentir bienestar y salud.

(Pausa corta)

Luego, sigues tu paseo y te encuentras con un área donde el pasto es bastante alto. Empiezas a sentir una brisa muy agradable y un poco turbulenta. Miras como el pasto danza al ritmo de la brisa. Con las manos y con los pies vas apartando y pisando el pasto y eso te permite ir pasando. Sientes que el pasto es suave y que te da caricias. Disfrutas esa travesía. Al llevar al final de esa área te consigues con un riachuelo muy lindo el cual debes atravesar para cruzar al otro lado.

(Pausa corta)

Al llegar a la orilla del riachuelo, miras unas hermosas piedras. Te sientas en una de ellas, te lavas la cara tus manos y parte de tus brazos. Además tomas un poco de agua, estás sediento. Miras que el agua es cristalina y que en el fondo del riachuelo hay piedritas blancas y arena muy fina, Además logras ver algunos peces plateados, rojos y tornasol. Cruzas el rio y ves desde allí el hermoso árbol que ha guiado tus pasos desde la gran cascada. Consideras que es más lindo de lo que imaginabas.

(Pausa corta)

Te sientas en sus raíces y desde allí, al final de la colina aprecias la inmensidad que te circunda. Recuestas tu cabeza sobre el tronco y desde allí sientes protección y seguridad. En esos momentos sientes muchas ganas de descansar y dormir. Te acurrucas y poco a poco tus ojos se cierran para caer profundamente dormido. Buenas noches.

La flauta mágica

Hola, que bueno que hoy te has tomado un tiempo para participar en esta actividad de relajación guiada. Juntos lograremos tu relajación y conexión con tu fuerza interior. Sentirás como nuevas energías llegan a tu vida para brindarte calma, tranquilidad y armonía, que te permitirán descansar y dormir plenamente. Disponte a entregarte a esta experiencia que te permitirá incursionar en una aventura maravillosa que nutrirá tu espíritu y tu alma.

(Pausa corta)

Busca ahora, en tu hogar, un lugar donde sientas tranquilidad y no tengas interrupciones. Ubica una cama donde puedas acostarte, coloca tu cabeza en una almohada suave, cuidando que tu cuello esté sin tensiones y tu espalda estirada. Mueve tu cuerpo hasta encontrarte en la forma más cómoda para ti, libre de cualquier incomodidad.

(Pausa corta)

Cierra tus ojos y siéntete en confianza. Inhala suavemente, llena tus pulmones de energía y luego exhala, y libera de ti todo lo que ya no debe estar dentro de ti. Respira conscientemente y agradece esa energía que entra y fluye dentro de ti. Ahora libérate de cualquier pensamiento que te preocupa y no te deja concentrarte. Entrega al universo todo lo que te pesa y te tiene atado, necesitas estar liviano y tranquilo.

(Pausa corta)

En estos momentos, percibes como tu cuerpo, tu mente y tu alma están en calma. Sientes que tu ser vibra en una sintonía de paz, tranquilidad y bienestar. Te sientes liviano y sin cargas. Solo deseas estar en silencio, en armonía y serenidad. Tomas conciencia de que necesitas de esta vibración positiva para que tu vida goce de salud y fortaleza. Desde lo más profundo de tu ser sabes que,

Tú mereces tomar un tiempo.

Necesitas nutrir tu alma y tu ser.

Tú eres capaz de librar las batallas que te tocan vivir.

Tú saldrás adelante si crees en ti y en las fortalezas que cultivarás con tu trabajo interno.

(Pausa larga)

Ahora llegó el momento de iniciar nuestra aventura a ese lugar que te permitirá renovar tus energías, fortalecer tu alma y tu ser. Si en este momento sientes que el sueño te vence, no hay problema, descansa y duerme. No olvides que lo más importante es que tú logres el sueño placentero.

(Pausa corta)

Sientes como poco a poco a través de tu imaginación empiezas a descender. Luego te ves caminando descalzo por un lindo prado. Es bonita la sensación, te hace recordar cuando eras un niño. De pronto, te provoca acostarte y desde allí apreciar el cielo. Los rayos de sol te bañan y observas la inmensidad. Empiezas a identificar las formaciones que las nubes quieren mostrarte. Allí aprecias un barco, un avión y la cara de un oso.

(Pausa corta)

Te das cuenta que la grama que te rodea es suave y por ello, te provoca abrir tus brazos. Te levantas poco a poco, observas a tu alrededor y percibes una gran tranquilidad y paz. Desde allí miras algunas montañas y arboles muy altos. Decides ir a explorar y te enfocas en el sonido del agua, que se escucha a lo lejos.

(Pausa corta)

Empiezas tu recorrido, en el camino consigues varios palos de bambú secos y lo recoges. Al llegar a un árbol grande y frondoso te das cuenta que hay junto a él un lindo manantial. Dejas lo palos de bambú al lado del árbol y vas al manantial. Te lavas la cara y tomas un poco de agua para calmar tu sed. Al sentir el agua decides que quieres sumergirte y bañarte. Así lo haces.

(Pausa corta)

Entras en el manantial y disfrutas hundirte en él. Miras la conformación de esta belleza natural, la cual es rodeada de unas piedras blancas preciosas, flores silvestres de colores exóticos. Sientes que este baño te relaja y te recarga de energías sanadoras y terapéuticas.

(Pausa corta)

Sales de agua y te sientas al lado del árbol, en sus inmensas raíces. Empiezas a picar los palos de bambú que dejaste allí, en pequeños trozos iguales. Con una paja larga y flexible que conseguiste muy cerca del lugar, empiezas a amarrar todos los trozos de palos de bambú, uno seguido del otro. Ves que has creado una especie de instrumento de viendo que al soplar por los huecos que poseen los palos de bambú suena muy melodioso.

(Pausa corta)

Disfrutas emitir sonidos con lo que has construido. Te levantas y bailas al son de esos sonidos, que, aunque no son tan armoniosos, emiten energía y alegría al lugar. Te sientes cargado de ánimo y deseas seguir el paseo. Esta vez, vas acompañado de lo que has llamado la flauta mágica.

(Pausa corta)

Desde donde estas observas un bosque. Te adentras en él y captas como el clima va cambiando, está más fresco, y un ambiente de humedad y frio recorren el lugar. Allí ves algunas entradas de grutas, en sus entradas hay muchas flores y rosas amarillas. Observas la conformación de lajas negras pulidas muy hermosas. El ambiente y el paisaje interno del bosque son preciosos. Te sientas en una de las lajas, te recuestas y sientes que son frías. Tú disfrutas el estar allí debido a que de ese lugar emana calma, espiritualidad y recogimiento.

(Pausa corta)

Sacas tu flauta mágica, y recostado en una hermosa laja, empiezas a producir una melodía que cuando inicio no era muy armonioso, pero que poco a poco sonaba cada vez mejor. En esos momentos, aprecias como algunas aves y sus pichones empiezan también a cantar. Se unen también a esta interpretación los grillos, los sapos y las ranas.

(Pausa corta)

Te das cuenta al mirar hacia el cielo que ya está atardeciendo, y ves desde allí como el sol se oculta y como aparece en el cielo una inmensa luna acompañada de estrellas radiantes. Das gracia al universo por estar disfrutando de este espectáculo, y reflexionas sobre tu viaje.

(Pausa corta)

Comparas lo vivido, con tu vida. Llegas a la conclusión que cada escenario vivido te ofreció experiencias distintas. Sientes que dejaste que lo que ibas viviendo te llegara al corazón y te impregnara de la energía positiva que te brindaba. Además, tú también le retribuías al universo tu agradecimiento y una forma de expresarlo era a través de tus melodías. Pudiste percibir ambientes distintos y siempre tu mirada estuvo enfocada en lo bueno que te ofrecían los lugares, por ello disfrutaste y fuiste feliz. Aprendiste a sentir, a observar y escuchar más profundamente.

(Pausa corta)

Luego, de esa reflexión, bajo ese cielo tan hermoso, empiezas a sentir que los ojos se te cierran solos del sueño y del cansancio. Colocas bajo tu cabeza un pequeño bolso que cargabas y allí sientes ganas de acostarte, acompañado de algunas luciérnagas que alumbran el lugar. Poco a poco te quedas dormido. Buenas noches, querido amido.

(Pausa corta)

Alas otorgadas para aprender

Apreciado amigo, es un honor que estés aquí compartiendo conmigo esta experiencia de relajación guiada. Hoy te estas regalando este momento, para lograr un descanso y un sueño placentero. Por ello, tendrás la oportunidad de vivir una aventura que te permitirá cargarte de nuevas fuerzas y energías, que impulsen en ti el deseo de ser feliz y gozar de paz y armonía.

(Pausa corta)

 Busca un lugar tranquilo, ese espacio donde te puedas acostar a reposar. Ubica una cama, coloca una almohada cómoda bajo tu cabeza, busca que tu cuello este relajado y tu espalda recta. Mueve tu cuerpo hasta que sientas que no tiene ninguna tensión que te distraiga.

(Pausa corta)

Cierra ahora tus ojos, revisa tus pensamientos, sentimientos y emociones. Libera en ti todo aquello que te incomoda, que te ata y no te deja avanzar. Aquello que no te permite disfrutar de este momento, entrégalo al universo para que realmente puedas llenar tu vida de energía de paz, tranquilidad y armonía.

(Pausa corta)

En esa sintonía de relajación y tranquilidad, respira profundamente. Inhalas energía positiva y siente su poder regenerador dentro de ti. Luego, exhalas profundamente hasta sacar de ti aquello que ya no necesitas. Empieza a desprenderte de aquello que te ata y no te permite elevarte y transcender hacia nuevas vibraciones de optimismo, salud, alegría y felicidad. Desde lo interno de tu ser comprendes que,

Tú eres un ser de amor.

Tú puedes cambiar para ser mejor cada día.

Todo lo que te rodea te puede generar aprendizajes.

Lo importante es detenerte y en silencio ser humilde para aprender.

(Pausa larga)

Ahora, querido amigo, llego el momento de emprender nuestra aventura a ese lugar donde tendrás experiencias que te ayudaran a aprender algo que necesitas. Si en estos momentos, sientes que el sueño te atrapa y estás cansado, descansa, no hay problema. No olvides que el propósito de este ejercicio es que logres dormir placenteramente. En otro momento podrás retomarlo.

(Pausa corta)

Desde tu imaginación te diriges a un mundo mágico, en el cual se te han otorgado unas alas, que te permiten volar. Además posees un nuevo traje dorado y te hace sentir muy elegante y tu tamaño se ajusta a tus necesidades. A veces podrás ser grande y otras pequeño.

(Pausa corta)

Estas flotando en el cielo, ves algunas mariposas pasar y las sigues. Tú te sientes y ves del mismo tamaños de ellas. Observas como las lindas mariposas se posan sobre las flores y allí recogen algunas semillas, luego las van llevando a otros jardines. Las mariposas a las que sigues son un gran equipo, juntas dan paseos juntas. Te sientas en una planta pequeña y fuerte y desde allí miras el trabajo de las mariposas.

(Pausa corta)

Miras también que entre las ramas de algunos arbustos, hay algunas crisálidas, que empiezan a moverse y romperse, y ves como de allí, salen las mariposas. Observas como en unas pocas horas salen varias mariposas revoloteando y alegrando el lugar. Ellas reciben la bienvenida de las otras mariposas. Te unes al regocijo de las mariposas y te siente parte del grupo. Luego te unes a un grupo que se trasladaran a otros sitios. Estando en tu vuelo, te llama la atención una abeja que esta pérdida volando.

(Pausa corta)

Te separas de las mariposas y monitoreas de cerca a la abeja. Al poco tiempo sientes un sonido muy agudo y la abeja se emociona y va hacia esa dirección. Tú la sigues y logras ver como sus compañeras abejas la espera. Te unes al grupo y empiezas a conocer lo que hacen. Ellas producen panales de miel; todas salen muy temprano a buscar el polen de las flores y las traer a la colmena y allí, ellas lo procesan y lo convierten en rica miel. Consideras que es maravilloso lo que hacen las abejas. Te acercas a la miel para probarla y descubres lo deliciosa que es.

(Pausa corta)

Estando allí, miras hacia el suelo y observas una fila de hormigas, las cuales llevan hojas pequeñas cargadas. Sigues el recorrido que hacen y te das cuenta que entras en una pequeña cueva que han construido. Decides entrar al lugar y ves que es un lugar muy ordenado. Captas un olor muy delicioso y te das cuenta que están haciendo una rica comida con las hojas que cargaban. Además, te das cuenta que hay un lugar donde almacenan hojas para siempre tener alimentos. Te parece muy interesante como las hormigas se unen para garantizar su vida y la de sus familias.

(Pausa corta)

Luego decides volar por el inmenso cielo y desde allí ves grupos de aves que van en conjunto. Observas su organización. Ves que las más fuertes y jóvenes van delante y frenan un poco la brisa para que los que van atrás tengan un vuelo más tranquilo. Te colocas al final y te dejas llevar por el equipo. Surcas grandes territorios y luego llegas a un lugar donde los ves descansar con sus parejas y críos, al atardecer. Estas aves traen alimentos para sus pichones.

(Pausa corta)

Te das cuenta que tu vuelo te ha llevado a una hermosa isla. Que ya el sol está declinando para dar paso al atardecer y al anochecer. Te sientas en la orilla y miras el danzar de las olas y sientes como ese paisaje te relaja y te trae calma y tranquilidad. Te recuestas al tronco de una palmera y desde allí, miras el cielo estrellado. En ese momento ves una estrella fugas y pides un deseo.

(Pausa corta)

Reflexionas sobre todo lo vivido. Las mariposas te recordaron el milagro de la vida. Las abejas la capacidad creadoras de los seres. Las hormigas, el trabajo en equipo y la constancia. Las aves el sentido de la responsabilidad y amor a su familia. En ese momento, te das cuenta que tienes mucho sueño y poco a poco te vas entregando a un descanso placentero que sientes que mereces. Te quedas dormido profundamente. Buenas noches.

En el mundo marino

Bienvenido, ser de luz que hoy estás en la búsqueda de herramientas que te permitan descansar y dormir plenamente. Conjuntamente conmigo, quien seré tu acompañante en esta sesión, experimentaremos una meditación guiada que te permitan encontrar paz, calma y bienestar. Viajaras desde tu imaginación a un lugar genial que renovará tus fuerzas y te cargará de nuevas energías.

(Pausa corta)

Te invito ahora a buscar un lugar en tu hogar donde puedas recostarte cómodamente, preferiblemente una cama. Ubica una almohada cómoda y coloca allí tu cabeza, cuida que tu cuello este relajado, tu espalada recta y todo tu cuerpo esté libre de tensión, por ellos muévelo hasta encontrar esa posición en tu cuerpo donde te sientas bien.

(Pausa corta)

Ahora, necesito que cierres tus ojos y tomes conciencia de tu respiración. Escucha el latir de tu corazón. Inhala con calma y disfrutando las nuevas energías que penetran en ti. Siente como cada célula recibe vida. Luego exhalas profundamente y expulsas todo aquello que ya no necesitas. Así vas a repetir varias veces. Es importante que revises tus pensamientos y emociones y si percibes que tienes preocupaciones entrégalas al universo, libera todo aquello que no te deja estar en el aquí y ahora.

(Pausa corta)

Ya relajado, siente como tu cuerpo está en una vibración diferente y liviano. La paz, la armonía y la calma te acompañan. En esos momentos vives en una sintonía de agradecimiento, entiendes por qué necesitas este momento que te estas permitiendo. Te siente merecedor de todo lo bueno que el universo tiene para ti. Internamente, tú comprendes que,

Tú mereces vivir en paz y armonía.

Tú necesitas tener bienestar y salud.

Tú debes de darle prioridad a tus necesidades de
silencio, calma y tranquilidad.

(Pausa larga)

Llegó la hora de iniciar la aventura prometida, iremos
hacia ese lugar donde vivirás momentos maravillosos
que te traerán calma y paz. Si en estos momentos
tiene sueño y deseas descansar, no hay problema,
puedes hacerlo. Recuerda que ese es el principal
propósito de esta actividad que estas realizando.

(Pausa corta)

Sientes a través de tu imaginación como te sumerges en las profundidades del mar. Te das cuenta que no tienes problemas para respirar allí. Además, que tu visión funciona muy bien ya que aprecias toda la vida marina con mucha claridad. Estás emocionado porque el paisaje marino es hermoso y la energía que de allí proviene es de armonía y calma.

(Pausa corta)

Te das cuenta que lo primero que quieres hacer es dar vueltas en el agua y danzar, así que te mueves hacia todas las direcciones, subes y luego vuelves a bajar. Te detienes, ya satisfecho por la hermosa sensación de libertad y seguridad, y decides ir a explorar. Te llama la atención algunos delfines, los cuales siempre van en pareja y con sus críos. Te acercas y ellos se dirigen hacia ti, tus los abrazas. Uno de los críos te rodea y se pega a ti con mucho cariño. Es maravillosa la sensación que estas sintiendo.

(Pausa corta)

Te despides y sigues nadando. Decides tocar la arena del fondo debido a que es dorada. Tus pies pueden sentirla y es muy agradable. En la arena observas cangrejos y camarones. Empiezas a mirar algunas algas hermosas y grandes corales. Asimismo captas estrellas de mar. Estas fascinado con toda la riqueza del mundo marino. De pronto ves una gran ballena amigable que pasa cerca de ti y tú aprecias que lleva a su lado a su crio, el cual va pegado a ella. Esta ballena da magia el lugar y captas como las demás especies marinas reciben su presencia con respeto y admiración. Algunos caballitos de mar empiezan a hacerte cosquillas por tus orejas y por la espalda.

(Pausa corta)

Aprovechando que puedes hacer cualquier movimiento, porque no vas a caer, das vueltas, subes y bajas. Al hacer esto todo tu cuerpo se relaja y sientes energía sanadora que fluye por todo tu cuerpo, desde los pies a la cabeza. Sientes que eres feliz y disfrutas todo lo que estás viviendo.

(Pausa corta)

Poco a poco te asomas a un lugar donde sientes que hay corriente y te dejas fluir por esta. Sin hacer ningún esfuerzo tu cuerpo va flotando y tú te entregas a la sensación de ser cargado por las aguas a otros lugares que desconoces. En poco tiempo, la corriente se vuelve suave y siente esa tranquilidad y calma anhelada. Te das cuenta que has llegado a una gran caverna y que dentro de ella hay piedras preciosas. Observas algunos peces rojos y otros plateados que se pegan a ti y te empujan hacia adentro. Allí ves caracoles y tortugas gigantes, también ves algunos huevos. También observas tortugas pequeñitas.

(Pausa corta)

Sales de allí y sigues tu travesía. En el recorrido te das cuenta que hay una cueva y decides introducirte por allí. La entrada de la cueva, desde las profundidades del mar, te muestra un recorrido muy lindo. Esta te lleva a la superficie. Al salir miras atrás, y agradeces al universo la experiencia maravillosa que viviste.

(Pausa corta)

Te encuentras con un salón amplio y aprecias que puedes subir y salir de allí. Afuera te das cuenta que estas en una montaña llena de árboles. Recorres el lugar y te encuentras con un lindo rio que ha creado una pequeña poza. Allí decides quitarte el agua salada. Piensa que ese lugar es muy acogedor. Observas que está rodeado de árboles altos y plantas frutales. El agua donde estas bañándote esta templada. Disfrutas sumergir tu cabeza y tu cuerpo. Estando allí reflexionas con la experiencia.

Comprender la importancia de estar siempre dispuesto a disfrutar y aprender de lo que te toca vivir. Entiendes, que en el universo, todos somos diferentes, pero aun así, muchas cosas nos unen como seres vivientes: el amor, la familia, el compartir, la lucha por sobrevivir, la felicidad, la belleza y la amistad. En ese momento sientes que tu cuerpo quiere descansar, por ello, te imaginas que estás en tu cama, acurrucado, con tus mantas suaves, en la calidez de tu habitación y con tu cabeza descansada en tu almohada favorita. Poco a poco te quedas dormido profundamente. Buenas noches.

El rio y la montaña nevada

Saludos, amigo. Te felicito porque hoy has dado un paso importante, te has dispuesto a participar en esta actividad de relación guiada que busca principalmente que logres un buen descanso y que puedas dormir placenteramente. Para ello, realizaremos ejercicios de respiración y relación. Además, desde tu imaginación te trasladaras a un lugar mágico donde tendrás algunas vivencias que te ayudaran a sentir paz, tranquilidad y calma

(Pausa corta)

Te invito a buscar un lugar en tu hogar donde puedas tener la privacidad que necesitas. En ese lugar debes de contar con una cama, donde te reposaras. Busca una almohada cómoda para que coloques tu cabeza. Trata de que tu cuello este relajado, tu espalda esté recta. Mueve tu cuerpo para eliminar cualquier tensión que pueda distraerte.

(Pausa corta)

Luego, cierra tus ojos. Revisa los pensamientos y emociones que te dominan en estos momentos. Entrega al universo aquello que te causa preocupación o no te permiten concentrarte. Libera todo aquello que te ata y no te ayuda a sentirte tranquilo y en paz. Ahora respira poco a poco y de manera consciente, sintiendo los efectos positivos de la respiración en la vida del ser humano. Agradece como el aire entra a tu interior y te llena de energías renovadoras y también como logras expulsar todo aquello que ya no necesitas.

(Pausa corta)

En esta sintonía de relación y con tu cuerpo liviano, siente como fluyen por todo tu cuerpo energías sanadoras que van limpiando y restaurando aquello que no te dejar descansar ni tener un sueño placentero. Visualizas el fluir de la energía de arriba hacia abajo y de abajo hacia arriba. Sientes la magia de esa energía y tu cuerpo, tus pensamientos y tu ser sienten bienestar, paz y salud. Comprender desde tu interior que,

Tu ser necesita ser amado por ti.

Tú eres capaz de amarte y cuidarte.

Te tomarás el tiempo que necesites.

Puedes mejorar tu vida, tus pensamientos y tus emociones.

(Pausa larga)

Amigo, ha llegado el momento de emprender nuestro viaje. Si sientes que tienes sueño y no quieres continuar, no hay problema, descansa. No olvides que el fin de esta actividad es que logres dormir placenteramente.

(Pausa corta)

Inicias tu aventura y sientes como tu imaginación te traslada a un amplio rio, de aguas tranquilas pero profundas. Tienes en tus manos dos remos y estas sobre una balsa. Cuentas con algunas provisiones para el paseo. Miras a tu alrededor y observas que de cada lado hay una orilla en las cuales se encuentras raíces de los árboles que están cercanos. Es una naturaleza increíble. Además, el río por donde navegas, no posee una corriente fuerte sino un fluir tranquilo.

(Pausa corta)

Empiezas a remar, ves muchas aves surcando los cielos, en algunas partes del recorrido ves a familias bañándose en las quebradas del río. Te detienes porque ves algo en el agua que no habías apreciado antes. Esta tiene ahora una apariencia roja y es diferente a la que has dejado atrás. Eso te hace mirar el recorrido y te das cuenta que ciertamente se unen dos ríos, uno de aguas cristalinas y otro de apariencia rojiza. Tu tomas un poco de agua y te das cuenta que esta sigue siendo transparente, entonces sientes curiosidad por el color que estás viendo.

(Pausa corta)

Te acercas al borde de la balsa y te das cuenta que en el fondo se genera una planta roja que hace ver al rio rojo. Además, algunos peces de ese lugar, por comer esas plantas también son rojos. Observas también que en esa parte del rio, el canal por donde vas navegando es más reducido. En esa área existe mucha vegetación y la presencia de árboles muy antiguos y altos, que dan sombras y embellecen el lugar. Ves allí un pequeño puerto con algunas balsas paradas.

(Pausa corta)

Continúas tu recorrido y poco a poco el río comienza a verse cristalino. Te sorprendes del paisaje que te muestra el horizonte. Al final ves una montaña alta muy hermosa, que tiene una tonalidad azul. Se unen a ellas otras colinas donde el sol refleja sus rayos y se pueden mirar sus árboles frondosos.

(Pausa corta)

Observas durante todo el recorrido casas de madera en la zona, y que muchas de las familias se dedican a la agricultura. Observas a la juventud corriendo bicicleta y caminando en pareja. Sientes que estas en un lugar mágico, donde los seres humanos conviven con la naturaleza en armonía. Tu balsa sigue su rumbo y es ir allá donde el horizonte te espera.

(Pausa corta)

Tomas los remos y tarareando una canción avanzas con gran entusiasmo. Te detienes un poco para ver un parque que tiene muchas flores y bancos. Allí puedes ver algunos adultos mayores con sus parejas paseando o mirando al rio. Te parece hermoso ese lugar.

(Pausa corta)

Continuas tu recorrido y te das cuenta que el río culmina en un gran lago el cual tiene un puerto a donde debes llevar tu balsa. Te diriges a ese lugar, amarras tu balsa y bajas tus provisiones. Miras desde allí la gran montaña, la cual en su pico tiene nieve y muchas nubes están sobre ella. Tienes ganas de subir a la cima. De pronto oyes que un transportista ofrece a los viajeros subirlos hasta el pico. Varios se montan en la parte de atrás y tú también lo haces. Consideras que el recorrido es hermoso, siente un poco de frio y buscas en tu bolso un abrigo que al colocártelo sientes su calidez.

(Pausa corta)

En la medida que subes sientes más frio pero no te importa, te sientes muy feliz. El transporte te lleva hasta cierta parte y desde allí, debes de caminar. Te colocas un gorro, unos guantes y unos zapatos especiales. Al llegar a la cima te emocionas porque nunca habías tocado la nieve. Haces un muñeco de nieve y le dices a otro viajero que te tome una foto para el recuerdo. Reciben indicaciones de los guardianes del lugar que deben bajar, debido a que la hora de cierre, está a punto de llegar.

(Pausa corta)

Bajas animado, y miras que hay varios bancos donde los turistas se sientas a descansar y a comer algún refrigerio. Te ofrecen una taza de chocolate caliente y tú te sientas a disfrutarla. En ese momento, recuerdas tu cómoda cama, tu manta suave y deseas estar allá, acurrucada. Tus ojos se van cerrando por del cansancio y te das cuenta que estás en tu habitación. Duermes profundamente, tranquilo y agradecido.

Otoño tiempo de renovación

Buen día, amigo. Hoy a través de un ejercicio de meditación guiada juntos vamos a encontrar la paz, calma y armonía, necesarias para que logres dormir placenteramente. Tu imaginación te llevará a experimenta vivencias hermosas que te recargarán de nuevas energías para que puedas fluir en un clima de amor, paz, tranquilidad y bienestar. Disfruta y confía en tu fuerza interior que te fortalecerá y te permitirá superar todo lo que te propongas.

(Pausa corta)

Te invito ahora a ubicar un lugar en tu hogar donde te sientas cómodo y tengas privacidad. Recuéstate en una cama, coloca tu cabeza en una almohada suave, trata de que tu cuello este relajado y tu espada recta. Mueve tu cuerpo y busca eliminar cualquier tensión que te moleste y no te permita concentrarte.

(Pausa corta)

Cierra ahora tus ojos, respira y hazte consciente de los beneficios que ella te trae. Inhala suavemente y percibe como las energías entran a cada célula de tu cuerpo, brindándoles oxígeno para la vida. Luego exhala y sientes que en esa expulsión se va todo aquello que ya no debe estar en tu vida ni en tu cuerpo. Agradeces que puedas respirar y reactivar cada parte de tu organismo.

(Pausa corta)

Luego que has logrado relajarte, empiezas a visualizar como energía positiva recorre todo tu cuerpo y tú percibes que tu ser siente paz, tranquilidad y calma. Te sientes ligero, sin cargas, alegre y con bienestar. Comprendes que estos momentos son importantes para ti, porque te das un tiempo para desconectarte de la rutina diaria y te deja ver que tú también eres importante y que debes cuidar de ti y de tu salud emocional y física. En estos momentos, entiendes que,

Está queriéndote al tomar un descanso.

Mereces vibrar en otra sintonía que garantice paz, calma, tranquilidad y equilibrio.

(Pausa larga)

En este momento nos disponemos a emprender la aventura que te permitirá a través de tu imaginación trasladarte a un lugar hermoso que te ayudara a relajarte y donde aprenderás algo que necesitas. Si este instante, tú no deseas seguir con la actividad porque tienes sueño, no hay problema, puedes descansar. Recuerdas que el fin de esta actividad es que logres un sueño profundo y placentero.

(Pausa corta)

Tu ser tiene una gran alegría internamente, te sientes libre de toda preocupación y ataduras. Por ello tu ser viaja como una estrella fugaz surcando los cielos y llegas a un parque muy lindo. Identificas que estás en otoño, porque muchas hojas han caído. Cuando caminas las hojas crujen ya que están tostadas. Te encanta ese sonido y también sentir que de golpe una brisa hace caer hojas, flores secas y que ellas te acarician en su desprendimiento.

(Pausa corta)

Captas que en el lugar el verde ha desaparecido y en su lugar los colores que prevalecen son el naranja, el marrón, el amarillo, el beis y el dorado. Observas bancos muy elegantes de hierro y madera. Vas a donde esta uno de ellos y te sientas. Te haces conscientes del olor a otoño y disfrutas de ese aroma a flores y hojas secas. Disfrutas ver caer los ramilletes de hojas. Y también observas la gran brisa que las arrastra y las levanta. Vas a un lugar donde están amontonadas las hojas y con tus manos las levantas para que la brisa las haga volar.

(Pausa corta)

Luego caminas por sobre las hojas y te acerca a un barandal desde donde puedes ver un lago hermoso donde asisten todos los días cientos de gansos. Desde allí, empiezas a tirarle puños de maíz que has comprado para ellos. Miras como tanto los grandes gansos como sus críos se acercan y disfrutan los que le están lanzando. Observas que algunos comen y siguen y otros se quedan esperando. Le vuelves a lanzar y estos comen y siguen. Allí te quedas hasta llegar la tarde, el sol poco a poco se está ocultando donde paso a la luna y desde ese lugar ubicas un banco y te sientas para apreciar el anochecer.

(Pausa corta)

El cielo este deslumbrante cargado de muchas estrellas y la luna llena muestras un gran espectáculo en el cielo. Empiezas a sentir la frescura de la noche y observas que el parque está lleno de muchas hojas. Empiezas algunos grillos su cantar y algunas luciérnagas aparecen para alumbras los espacios. Miras algunas ardillas e iguanas bajar de los árboles a buscar algo que comer. Sientes que en el parque hay mucha vida y una energía de armonía habita en ese lugar. Disfrutas de la tranquilidad del parque.

(Pausa corta)

Vas de nuevo a las barandas que dan al río y miras como el cielo se refleja en él. Aprecias que han colocado un alumbrado que empieza a encenderse a esa hora de la noche y que dan belleza al lugar. Disfrutas de ese lugar, sientes paz, tranquilidad y calma. Empiezas a caminar por la orilla del rio y puedes observar algunos pescadores en sus canoas tirando sus redes para atrapar algunos pescados. Miras como sacan las redes y con ellas, logran pescar algunos pescados grandes.

(Pausa corta)

Disfrutas de esa actividad que realizan los pescadores y ellos te invitan a participar en la pesca. Te vienen a buscar en una de las canoas y tú aceptas. Estando en medio del río, todos se ponen en silencio. Entonces ves cómo se acercan varios peces y mueven el agua. En ese momento los pescadores lanzan las redes y las sacan rápidamente y con ella logras arrastras a más de veinte hermoso peces. Te llevan a la orilla y te regalan algunos peces.

(Pausa corta)

Reflexionas sobre lo vivido y te das cuenta que es necesario el otoño para la naturalezas y también para la vidas, ya que es símbolo de renovación, cambios y transformación. Te das cuenta que los lugares son espacios de vida y que tú también eres un ser capaz de dar vida a los lugares. En ese momento te sientas en un banco y te das cuenta que estás cansado y que quisieras estar en tu casa. Poco a poco te das cuenta que estás en tu cama y con todo lo necesario para descansar. Cierras tus ojos y caes rendido. Buenas noches.

Un amanecer hermoso y el gran castillo

Hola, buen amigo. Sabes que eres merecedor de este tiempo que te dedicarás a ti mismo. Hoy, guiado por mí, realizaremos una meditación que te ayudara a respirar mejor, a relajarte y a recargar tu fuerza interior. Todo esto para que logres paz, armonía, tranquilidad, un buen descanso y dormir plenamente.

(Pausa corta)

Te invito a que vayas a tu habitación, te recuestes en tu cama, coloques tu almohada preferida debajo de tu cabeza. Trata que tu cuello esté relajado y que tu espalda esté derecha. Mueve tu cuerpo hasta encontrar la posición donde te sientas bien. Trata de que no sientas ningún tipo de tensión que te desconcentre.

(Pausa corta)

Luego es importante que cierres tus ojos. Revisa tus pensamientos y entrega al universo aquellos que no te traigan tranquilidad. Libera todo aquello que te ata y no te deja avanzar. Siéntete liviano, sin ningún equipaje pesado. Ahora, respira profundamente. Disponte a sentir los latidos de tu corazón y a percibir la importancia de la respiración para tu tranquilidad y paz. Con calma respiras, inhalando y exhalando. Carga tus pulmones de aire y bota lo que ya no debe estar dentro de ti.

(Pausa corta)

Sientes que estas energéticamente cargado de paz, calma y tranquilidad. Visualiza como fluye por todo tu cuerpo energías sanadoras que suben y bajan. Sientes que tu alma y tu espíritu se sienten agradecidos por tomarte este tiempo para brindarle bienestar a tu vida. Internamente sabes que,

Tú debes darle prioridad a tú vida y a tu salud.

Tú debes lograr estar en una sintonía de calma, paz y bienestar.

Tú te mereces poder dormir plenamente.

(Pausa larga)

En esta sintonía, te informo que ya llegó el momento de partir a nuestro viaje a través de tu imaginación. Si sientes que no puedes continuar porque tienes sueño, no importa, descansa. Recuerda que el fin de esta actividad es que puedas dormir plenamente.

(Pausa corta)

Tu ser se siente feliz y decide elevarte y trascender a un lugar hermoso. Al darte cuenta, estás en la cima de una colina y estás siendo testigo de un amanecer, donde todo está oscuro. Solo tú y el alba están, como espectadores de los bellos matices que surcar el cielo, creados por los tímidos pasos que va dando el sol antes de salir completamente.

(Pausa corta)

Desde ese lugar, estás atento a los cambios que vas observando. Sientes que no solamente en lo externo está renaciendo el sol, sino que en tu ser interior va creciendo también una luz, cargada de energías sanadoras. Poco a poco, te das cuenta del poder del sol y de la claridad que trae. Te sientes pleno de amor, tranquilidad y armonía, agradeces el estar allí en estos momentos.

(Pausa corta)

Observas la inmensidad de mar. Aprecias los barcos navegando y muchas personas aprovechando las primeras horas del día para bañarse en las playas de ese lugar, el cual está cargado de una magia y un encanto que te enamora.

(Pausa corta)

Miras a tu lado derecho, y captas que existe un castillo antiguo y decides ir a explorar. Al llegar, te reciben algunos guías. Recibes algunas indicaciones e inicias tu recorrido. Te das cuenta que el castillo está construido en un áreas en forma de hexágono. Por ello, el recorrido tendrá seis paradas y una parada final en el interior del castillo.

(Pausa corta)

Al entrar al castillo, te llama la atención los inmensos cuadros pintados al óleo que muestran una gran sensibilidad. Flores, frutos, animales y rostros, son los motivos de esas obras que adornan es espacio. Además, todos los bienes son de madera pulida de muy buena calidad. Los pisos son de terracota lustrada, que dan al lugar solemnidad y una gran belleza.

(Pausa corta)

En todas las áreas del lugar, está una reseña de la función que cumplían los espacios. Captas que todo allí esta cuidado y que este lugar forma parte de los patrimonios de ese poblado. Luego sales a la primera parada, en ella contemplas la playa en su gran esplendor. Ves que en una leyenda que está pegada, explica que desde allí, se vigilaban los ataques que se pudieran realizar desde el mar. En esa parte se instaló un comando de vigilancia permanente. Consideras que estar allí es increíble. Se podía visualizar toda la inmensidad del mar.

(Pausa corta)

En la segunda parada, habían algunos aparatos antiguos como largavista de alta potencia y telescopios. Al tomar uno para ver, observabas una gran serranía. Consideras que estos aparatos son potentes, pudiste captar, muy cercano, el objeto que querías mirar. Cuenta la leyenda allí presentada que esta área fue la más atacada en la época de guerra, por lo complejo del paisaje y la espeso del bosque. En la tercera parada, pudiste mirar el poblado. Consideras que es hermoso, la forma como está organizado y planificado. Allí habitan muchas familias, cuyos progenitores, descendía de otros países y culturas.

(Pausa corta)

En la cuarta parada, lograste mirar algunas montañas muy altas, donde había casas. Allí habitaban campesinos que dedicaban al cultivo de alimentos. Además, observas que en esas montañas, había grandes cascadas y lagos. Consideras que era maravilloso poder mirar desde allí todo ese paisaje.

(Pausa corta)

En la quinta parada se observaba un área de zoológico, donde se daba protección a los animales. Podías ver desde allí, una diversidad de animales como avestruz, monos, osos hormigueros, gansos, pavo real, chivos, venados, conejos, cebras y burros. Percibes que ese lugar está bien cuidado. Desde allí miras algunos turistas visitando el lugar.

(Pausa corta)

En la sexta parada solo observas la entrada del castillo y su adyacencia, lo más cercano. Observas que hay una gran campana. En la leyenda se informa que con esta campaña se avisaba si alguien se acercaba al castillo, o si había alguna amenaza.

(Pausa corta)

Este recorrido te parece una gran experiencia. Relacionas lo vivido en este recorrido con tu vida y consideras que es importante cuidar cada área que te conforma. Cada parada mostraba algo que en conjunto garantizaban la seguridad del castillo. Analizas que si asumes que tu vida es tu castillo, debes consideras que cada parada representa entonces: la salud, la alimentación, el bienestar, la felicidad, el amor, la formación y otras. Descuidar alguna de éstas áreas iría en contra de la misma vida. Por eso, agradeces al universo por esta experiencia. En estos momentos, te das cuenta que estás cansado, que necesitas descansar. Poco a poco sientes que estás en tu cama y que el sueño te vence hasta quedar dormido profundamente.

El puente, las flores y la vida

Saludos, amigo. Estoy muy orgulloso de ti, debido a que has decidido darte un tiempo para ti. Has dejado a un lado todas las responsabilidades que te atan, las has soltado y de manera consciente y voluntaria quieres encontrar nuevas formar de fortalecerte internamente y de esta manera sentirte más satisfecho, tranquilo y con salud. Permitiendo que puedas lograr un descanso relajado y un sueño placentero.

Te invito ahora a ubicar un lugar en tu casa donde cuentes con la comodidad y privacidad para realizar esta actividad. Ubica una cama donde recostarte. Coloca tu cabeza en una almohada cómoda. Tratando de que el cuello este relajado y la espalda derecha. Evita que alguna parte de tu cuerpo tenga tensión, por ello muévete hasta lograr la mejor posición para ti.

Luego, cierra tus ojos y concéntrate en tus pensamientos para entregar al universo aquellos te afecten o preocupen. Suelta todo aquello que no te permita concentrarte. Siéntete libre y ligero. Luego, poco a poco respira. Inhala y exhala profundamente. Recibe del universo todo lo bueno que te tiene para ti y tu expulsas lo que ya no debe estar dentro de ti.

Siente como tu cuerpo está liviano. Visualiza como energía sanadora recorre tu ser y le trae paz, armonía, calma y bienestar. Agradeces la vida y comprendes la importancia de amarte y cuidarte. Comprender que,

Tú ser necesita vivir en paz y armonía.

Tú necesitas que las energías sanadoras habiten en ti.

Tú eres un ser capaz de impulsar los cambios que necesitas para ser feliz y lograr dormir placenteramente.

En estos momentos debemos partir a nuestra aventura, donde visitaremos un lugar hermoso que te traerá paz, tranquilidad y calma que te permitirán relajarte. Si en estos momentos, te das cuenta que estás cansado y quieres dormir, no importa, descansa. Recuerda que el propósito de esta actividad es que duermas placenteramente.

Te dejas llevar por tu imaginación y de inmediato te encuentras en el bello jardín, llenos de flores hermosas. Muchas hortensias llenan el lugar. Ves que son de varios colores: azules, moradas, blancas, rosadas y amarillas. Te sientes privilegiado de estar allí. Caminas un poco y te encuentras con muchas rosas, de colores variados y de diversos tamaños. En ese lugar el aroma es delicioso. Te acercas a una inmensa rosa amarillas y disfrutas la suavidad de sus pétalos y el suave olor que emana.

En tu recorrido, también te consigues con unos girasoles que te roban la mirada de lo bello que son. Estos están rodeados por unas mariposas hermosas que te llaman la atención. Te da la impresión que estuvieras observando una gran obra de arte. Cercano al lugar, captas que las orquídeas también adornar el lugar.

Sales del jardín y miras un río que atraviesa el terreno por donde estas. Te acercas y captas que en las orillas del río crecen lirios y calas. Caminas por la orilla del río y ves que a cierta distancia está un hermoso puente. Sin embargo, no sientes ganas de atravesarlo debido a que observas que este da a un pequeño bosque donde no logras visualizar nada, simplemente árboles. Te das cuenta que el puente esta realizado en la parte más ancha del rio y que este está construido con finas maderas y con un diseño bastante elegante.

Sigues caminando y empiezas a sentir nostalgia por no haber cruzado el puente. Aun así sigues caminado por la orilla del río.

En el recorrido te das cuenta que al mirar atrás ya no se ve el puente, ni tampoco el jardín. Descubres que muy cerca de allí, hay un árbol cargado de cerezas y al probarlos te das cuenta que son una delicia. Llenas un bolso que llevas de muchos de ellos y disfrutas buscando estrategias para tumbarlos. Observas varias aves picoteando los frutos.

Decides regresar, y empiezas a sentir ganas de cruzar el puente y explorar ese lugar que de cierta manera te provoca un poco de temor. Al llegar al puente, empiezas a caminar y te paras en el medio de él, miras tu reflejo en el río y sientes una brisa suave y fresca que acaricia tu rosco y tu cabeza. Continúas y llegas al otro lado del puente. Observas un camino ya recorrido y lo sigues. Pasas por un pequeño túnel que han hecho naturalmente las ramas de unos árboles y para tu sorpresa te consigues una casa hermosa.

Miras que de la chimenea sale humo y huele a comida recién hecha. Además, identificas el olor a canela y vainilla de algún postre. Alrededor de la casa todo es grama muy cuidada. Y a los lados muchas flores adornan el lugar. Sale una señora mayor, y te invita a pasar, te da la bienvenida a su hogar y te da a probar sus delicias culinarias. Encantado, compartes y disfrutas de ese momento tan especial. Luego te despides de la amable señora y vas de regreso al puente. Allí, te provoca sentarte y empiezas a reflexionar en lo vivido.

Piensas que a veces no has tomado riesgos por temor a lo desconocido. Entonces, pudieras haber dejado de vivir algo interesante o nutritivo para tu vida. Cuestionas en ese momento, dentro de ti, la importancia que le das a las apariencias de lo que se te presenta en la vida. Por ello, has dejado de vivir y disfrutar.

Percibiste que después del puente solo había peligro, porque no sabías lo que estaba detrás del bosque. Sin embrago, al vencer el temor encontraste un mundo de vida que te llenó de esperanzas. Eso implica que es necesario cambiar rutinas, formas de pensar y de vivir, de esta manera se te renovara también las ganas de lograr bienestar, paz, armonía y salud. Luego de esta reflexión, te sientes agotado, te acuestas sobre el puente, miras hacia el cielo y poco a poco tus ojos se van cerrando hasta quedar profundamente dormido.

Aprender a sentir todo lo que hacemos

Hola, amigo. Hoy felicito tu decisión de hacer un alto a tus actividades cotidianas y regalarte un tiempo para tu relajación y búsqueda de armonía. Vivirás momentos agradables que te permitirán encontrarte y valorarte más cada día. Además, a través de tu imaginación tendrás experiencias maravillosas que harán posible que tengas un buen descanso y que duermas plenamente.

(Pausa corta)

Te invito ahora a buscar un lugar donde puedas acostarte cómodamente. Coloca una almohada debajo de tu cabeza. Busca que tu cuello este relajado y tu espalda derecha. Mueve tu cuerpo hasta lograr que te sientas bien sin ningún tipo de tensiones.

(Pausa corta)

Cierra los ojos y hazte consciente de tu respiración y del latir de tu corazón. Haz silencio interno y escucha lo que te dicen tus pensamientos y tus emociones. Si captas que lo que sientes y piensa te trae preocupación y no te deja concretar, ponlos a un lado, entrégalos al universo para que este lo transforme en algo mejor. Libera tu ser de todo lo que te pueda afectar y que no te permita el descanso y el sueño placentero.

(Pausa corta)

En esa sintonía, respira suavemente, inhala y exhala. Siente como las energías positivas recorren tu cuerpo y te traen calma, paz y bienestar. Reconoces que tenías tiempo que no te sentías tan bien. Vuelves a percibir la magia de la energía que fluye por tu ser para traerte salud y felicidad. Internamente, sabes que,

Tú eres capaz de mejorar tu estado de ánimo.

Tú eres responsable de fortalecer tu bienestar y salud tanto física como emocional.

Tú eres feliz cuando en tu vida hay paz, calma y tranquilidad.

(Pausa larga)

Ahora, es tiempo de partir a nuestra aventura. A través de tu imaginación viajaremos a un lugar lleno de magia, donde podrás aprender algo que necesitas y disfrutas de las experiencias. Si en estos momentos te das cuenta que no quieres continuar porque tienes mucho sueño, no hay problemas, descansa. No olvides que el fin de esta actividad es que logres dormir placenteramente.

(Pausa corta)

Sientes un estado de tranquilidad, de calma y tu ser desde tu imaginación se traslada a una cabaña muy acogedora que está en la cima de una montaña. Allí el clima es frío, está empezando la época de invierno. Ya puedes ver algunos pico están congelados. Vas a la cocina y te sirves un poco de té caliente. Luego te sientas en una mecedora que está al frente de un ventanal. Desde allí observas el paisaje y como cae la nieve.

(Pausa corta)

Decides salir a conocer el lugar, te vistes para la ocasión y sales protegido. Empiezas tu travesía dirigiéndote hacia un lago hermoso, en el cual se refleja una gran montaña que está de fondo. El agua del lago es azul oscuro. Todos los arboles están llenos de nieve. Ese paisaje te parece hermoso y disfrutas el estar allí.

(Pausa corta)

Luego ves una zona llena de pinos que se destacan por su verdor. Te diriges hacia allá y empiezas a recorrer ese lugar. Captas que el suelo está lleno de los frutos de los pinos. En esa parte te sientes protegido de la nieve. Te siente feliz por el olor a pino. Subes por una pequeña montaña y puedes mirar desde allí, un poblado cercano y una capilla muy hermosa. Ves algunas ardillas que merodean por el lugar.

(Pausa corta)

Te sientas en las raíces de un árbol grande, para apreciar mejor el paisaje. Te das cuenta que algunos niños y jóvenes están patinando y otros esquiando en una zona diseñada para esas actividades. Ves también algunos adultos lanzándose en trineos desde algunas pendientes. Decides ir hacia ese lugar y divertirte un poco con las distintas atracciones y juegos del lugar.

(Pausa corta)

Alquilas unos patines y entras a la pista helada. Allí, poco a poco, empiezas a entender cómo funciona el patinaje sobre hielo. Algunos de los turistas te aportan ideas para que te mantengas de pie y no te caigas. Reconoces que no es tan fácil, pero que fue divertida la experiencia. Luego, te diriges al lugar donde alquilan trineos y los encargados te dicen cómo vas a proceder. Te indican que debes iniciar por la pendiente más plana y luego si te va bien y quieres probar con otras pendientes más inclinadas, lo puedes hacer.

(Pausa corta)

Te asignan un trineo para principiante, el cual es amplio y donde caben dos personas. El recorrido es largo pero la bajada no tiene ningún tipo de peligro. Empiezas a deslizarte suavemente, luego se acelera un poco y empiezas a conseguirte algunos pinos que debes esquivar. Te siente feliz y disfrutas la experiencia. Decides entonces probar, con otra pendiente más empinada.

(Pausa corta)

Te dan otro trineo solo para una persona, un poco más inestable que el anterior. Esto te garantizará la agilidad para cambiar de dirección rápidamente. Comienza tu aventura y aprecias que el trineo va más rápido y se ajusta más a los movimientos que tú realizas para esquivar y tomar direcciones. En el camino te van indicando hacia donde debe direccionar el trineo. Te parece genial esta experiencia y aunque estuvo llena de emociones, sentiste mucha tranquilidad y seguridad porque tuviste buenos guías.

Llegas al final del recorrido y ves una gran cafetería, te diriges allí, y pides un chocolate caliente, el cual disfrutas desde el primer hasta el último sorbo. Además, pides un trozo de torta de almendras con crema y fresas, de un sabor inigualable.

(Pausa corta)

Reflexionas sobre tu aventura y te das cuenta que la misma vida te va mostrando las experiencias y tú decides vivirlas o no. Comprendes que lo importante es aprender a sentir todo lo que hacemos, con un sentido profundo de confianza en que nutrirá nuestra vida y nos convertirá en seres mejores. En ese momento te diriges a la cabaña que te da abrigo y te recuestas en una cama cómoda y allí poco a poco te vas quedando dormido profundamente.

Confianza en el caballo

Bienvenido a esta actividad de relajación. A través de la meditación guiada, buscaremos que logres la calma, la armonía y la paz. Esto te ayudará a lograr un buen descanso y un sueño placentero. Disponte a disfrutar este momento, el cual te mereces por ser una persona genial, siempre dispuesta y entregada a hacer el bien a los demás.

(Pausa corta)

Ahora, busca tu lugar preferido, ese donde te siente cómodo y donde te puedas reposar. Recuesta tu cabeza en un cojín cómodo, cuidando que tu cuello este relajado y tu espalda este derecha. Mueve tu cuerpo y busca la mejor posición. Evita sentir tensiones, para que puedas concentrarte mejor.

(Pausa corta)

Cierra tus ojos, respira profundamente. Inhala y exhala. Siente los beneficios de la respiración en tu organismo. Capta que al respirar entra energía sanadora a tu organismo y al exhalar sale de ti todo aquello que ya no necesitas. Por la respiración, todo nuestro cuerpo se renueva continuamente.

(Pausa corta)

Revisas tus pensamientos. Si sientes que estos te generan alguna angustia o preocupación, entrégalos al universo y libera todo aquello que te quite la concentración. Sientes como poco a poco tu cuerpo se va haciendo cada vez más liviano. Percibes como las energías sanadoras recorrer tu cuerpo y te traen paz, tranquilidad, armonía, bienestar y salud. Reconoces que no habías tenido la oportunidad de encontrarte contigo mismo, que tú no has sido la prioridad en tu propia vida, Por ello, no logras descansar ni dormir bien. Hoy has comprendido que,

Tú dormirás bien cuando logres estados de paz, tranquilidad y calma en tu vida.

Tú serás feliz y gozarás de bienestar cuando tú seas la prioridad en tu propia vida.

Si tú no estás bien, nada estará bien.

(Pausa larga)

Amigo, ha llegado la hora de iniciar nuestra gran aventura hacia otros lugares creados desde tu imaginación, donde conseguirás paz, quietud y silencio para reflexionar. Si en este momento, te das cuenta que ya no quieres continuar, no hay problema, descansa. No olvides que el fin de esta sesión es que logres un sueño tranquilo y placentero.

(Pausa corta)

Te encuentras relajado, sientes como una energía de optimismo recorrer todo tu cuerpo y tu ser. De pronto te elevas y tu imaginación te lleva a un lugar maravilloso. Observas que un caballo blanco te espera. Tú te montas y cabalgas hacia algo que desconoces, pero que no temes. El noble caballo va trotando poco a poco y tú disfrutas del paisaje, además de los sembradíos que por allí abundan.

(Pausa corta)

El caballo, llega a un risco y desde allí, ves el mar. Le indicas por donde debe bajar y el continua su andar. Baja por lugares llenos de cactus, se para a tomar agua en algunas vertientes del río y en algunas ocasiones comió algunas hiervas.

(Pausa corta)

Al llegar a la orilla del mar, el caballo cabalga elegante y suavemente. Recorre un gran trecho. Luego se dirige hacia una zona boscosa y entra a un lindo camino que lleva hacia un gran salto de agua. Allí se para, para que tú te bajes y disfrutes de esa maravillosa belleza natural. Miras como el caballo calma su sed y busca alimento para satisfacer su hambre.

(Pausa corta)

Te volteas para ver bien la gran cascada y te quedas sorprendido del gran torrente de agua que trae consigo. Además, miras una poza cristalina que se ha creado en ese lugar. Sientes que esta te invita con su belleza a bañarte. Te sumerges y nadas. Tomas sorbos de agua ya que tiene mucha sed. Sientes mucha paz y tranquilidad en tu ser. En ese lugar, se mueve una energía que te hace sentir feliz y satisfecha. Luego te diriges a una gran piedra que queda encima de la poza y allí extiendes tu cuerpo.

(Pausa corta)

Aprecias que la piedra donde estas acostado, recibe la sombra de un árbol muy grande y frondoso. Esta piedra es fría y suave. Desde allí puede mirar hacia el cielo e imaginas que las nubes tienen formas de animales, de rostros y de algunas cosas. De pronto ves al caballo y sientes que está disfrutando también su descanso y de ese lugar tan especial.

(Pausa corta)

Ves que muy cercano a donde estás hay un árbol con frutos anaranjados y otros con ramos de uvas. Te levantas y tomas algunas mandarinas y uvas para comer algunas. Te das cuenta que tienes hambre. Observas que el caballo tiene en su lomo un bolso. Te acercas a él y al revisar tienes algunos alimentos, tanto para ti como para el caballo.

(Pausa corta)

Le das al caballo su alimento y vuelves a subir a la piedra para comer. Desde ese lugar agradeces al universo el estar allí y por toda la belleza del lugar. Te sientes bendecido. Luego de un rato de contemplación del lugar te acercas al caballo y te das cuenta que ya es hora de partir. Te montas en la silla del caballo, y de regreso recoges algunas uva, mandarinas y melocotones.

(Pausa corta)

A pesar de que querías regresar por donde llegaste, el caballo tomó otro camino. Consideras que fue una buena decisión no contradecirlo, ya que en el retorno pudiste ver un atardecer hermoso, el salir de la luna y las estrellas en el crepúsculo. Además, apreciaste como el mar poco a poco se fue calmando con el llegar de la noche y como este quedo tranquilo y quieto.

(Pausa corta)

A reflexionar sobre todo lo vivido, te diste cuenta que nunca habías confiado tanto en alguien como en ese caballo. Siempre tú cargabas y guiabas a los demás, pero nada ni nadie te guiaban a ti. Te sentiste sin peso de ningún tipo y sentiste la libertad de vivir lo que tuvieras que vivir. Aprendiste la importancia de la confianza, de la libertad, del valor que vive en ti, del valor y fuerza que tiene los que te rodean.

(Pausa corta)

En ese momento, sentiste un gran cansancio, le diste una palmadita al caballo cerca de su corazón y este se detuvo en la puerta de tu casa. Poco a poco, te diste cuenta que ya estabas acostada en tu habitación y tus ojos se fueron cerrando hasta caer completamente dormida. Buenas noches.

CPSIA information can be obtained
at www.ICGtesting.com
Printed in the USA
BVHW080946120521
607048BV00009B/2834